# CATALOGUE

D'UNE COLLECTION

DE BONS

# TABLEAUX

## DE MAITRES ANCIENS

DES ÉCOLES

Flamande, Hollandaise, Italienne, Espagnole et Française

PLUSIEURS BUSTES EN MARBRE BLANC, STATUETTES EN BOIS SCULPTÉ,

COMPOSANT LA COLLECTION

**De Mme SCHWENBERG de Strasbourg**

DONT LA VENTE AURA LIEU

HOTEL DES COMMISSAIRES-PRISEURS

RUE DROUOT, 5

GRANDE SALLE N° 5

**Le Mercredi 16 Mars 1859**

A 2 HEURES PRÉCISES

---

Par le ministère de Me **DELBERGUE-CORMONT**, Commissaire-Priseur
rue de Provence, 8

Assisté de M. **DHIOS**, Appréciateur, 33, rue Le Peletier,

CHEZ LESQUELS SE DISTRIBUE LE PRÉSENT CATALOGUE

---

EXPOSITION PUBLIQUE

Le Mardi 15 Mars 1859, de midi à cinq heures

1859

RENOU ET MAULDE
Imprimeurs de la Compagnie des Commissaires-Priseurs
RUE DE RIVOLI, 144

16 mars 1859

# CATALOGUE

D'UNE COLLECTION

DE BONS

# TABLEAUX

## DE MAITRES ANCIENS

DES ÉCOLES

Flamande, Hollandaise, Italienne, Espagnole et Française

PLUSIEURS BUSTES EN MARBRE BLANC, STATUETTES EN BOIS SCULPTÉ.

COMPOSANT LA COLLECTION

De Mmes SCHWENBERG de Strasbourg

DONT LA VENTE AURA LIEU

HOTEL DES COMMISSAIRES-PRISEURS

RUE DROUOT, 5

GRANDE SALLE N. 5

Le Mercredi 16 Mars 1859

A 2 HEURES PRÉCISES

---

Par le ministère de Me **DELBERGUE-CORMONT**, Commissaire-Priseur rue de Provence, 8

Assisté de M. **DHIOS**, Appréciateur, 33, rue Le Peletier,

CHEZ LESQUELS SE DISTRIBUE LE PRÉSENT CATALOGUE

---

EXPOSITION PUBLIQUE

Le Mardi 15 Mars 1859, de midi à cinq heures

1859

## CONDITIONS DE LA VENTE

Elle sera faite au comptant.

Les acquéreurs paieront en sus du prix d'adjudication cinq centimes par franc applicables aux frais.

Les tableaux que nous mettons en vente ont été choisis avec l'intelligence que donne l'habitude de la peinture.

Les frères des dames Schwenberg, tous deux hommes de goût, (l'un était artiste sculpteur, mort il y a plusieurs années; l'autre, officier supérieur, mort à la prise de Sébastopol), avaient eux-mêmes choisi pour leurs sœurs la plus part des tableaux qui composent cette collection. Les œuvres, mêmes les plus remarquables, ont été achetées à Paris dans des collections particulières, notamment le superbe *saint Jean* de Murillo, le *Songe de Jacob* de Tintoret, page d'une si brillante couleur, et plusieurs autres morceaux que les amateurs sauront apprécier.

DÉSIGNATION

# DES TABLEAUX

## ÉCOLES FLAMANDE & HOLLANDAISE.

### ASSELYN (Jean).

1 — Paysage, site montagneux sur un chemin; au premier plan plusieurs villageois s'entretiennent.

### BEGA (Corneille).

2 — Intérieur de taverne.

Une jeune femme, dans une pose agaçante, semble inviter l'un des trois joyeux compères qui sont attablés à venir goûter quelques instants de plaisir.

### BREUGHEL (dit de Velours).

3 — Vue d'un village (effet d'hiver).

### BREUGHEL (la culotte).

4 — Vue d'un village flamand avec figures et cavaliers.

## BRIL (Paul).

5 — Paysage, marine.

Dans une espèce d'anse formée par la mer, des pêcheurs retirent leur filet ; des poissons gisent déjà sur la plage, et les derniers rayons du soleil éclairent des collines qui vont se perdant à droite.

## CRAYER (Gaspard de).

6 — Le sommeil de Vénus.

Vénus dort au milieu d'une forêt, deux Amours sont près d'elle et deux Satyres viennent l'admirer pendant son sommeil.

## DIEPENBECK (Abraham Van)

7 — Le triomphe de Trajan.

Esquisse exécutée d'après le dessin de Rubens.

## DICK (Antoine Van).

8 — Christ en croix.

## ELZHEIMER (Adam).

9 — Le bon Samaritain.

Le bon Samaritain, aidé de son serviteur, s'apprête à panser les plaies du voyageur blessé. Près d'eux le cheval du Samaritain ; dans le fond, le prêtre et le lévite qui ont passé devant le blessé sans le secourir.

## ERASME (Didier).

10 — Arrestation de Jésus-Christ.

Judas vient de donner à son maître le baiser de la trahison. Saint Pierre a tiré son sabre pour en frapper Malchus qui lui mord le bras gauche.

Ce tableau porte le monogramme du peintre : un E gothique sur le glaive.

## HOET (Gérard).

11 — Nymphe atteinte d'une flèche lancée par un Amour.

## HOLBEIN.

12 — Un buveur.

(On lit le monogramme sur une étiquette attachée à son chapeau.)

## DE HONTD (le chevalier).

13 — Une bataille.

## JORDAENS (Jacob).

14 — Conversion de saint Paul.

Saint Paul, ébloui par une vision céleste, se renverse en même temps que son cheval. Le ciel est tout en feu et les compagnons du saint ressentent tous les différents effets de la frayeurs.

Ce tableau, plein d'effet et de mouvement, est du nombre des rares tableaux que ce peintre a signé.

## JORDAENS (J.).

15 — L'ivresse de Bacchus.

## JORDAENS (J.).

16 — Portrait d'une vieille femme. (Pastel.)

## KLEYNENS (J.).

17 — Fleurs dans un vase avec insectes.

## LELY (LE CHEVALIER).

18 — Portrait d'une dame de la cour.

## LEYDE (LUCAS DE).

19 — Buste de la sainte Vierge.

## LYS (VAN DER).

20 — Diane et ses Nymphes au bain sont surprises par Actéon.

## MANS.

21 — Paysage avec cavaliers, effet d'hiver.

## MEER (VAN DER).

22 — Épisode des croisades, effet de nuit.

Une multitude de musulmans, armés et éclairés par des torches, remplit le rivage qu'elle s'apprête à défendre contre les flottes que l'on aperçoit à distance.

## MOUCHERON (FRÉDÉRIC).

23 — Paysage.

Sur la gauche, une maison à l'italienne ombragée d'arbres; sur la droite, un groupe de personnages; vers le milieu, une femme, qui emporte une corbeille sur sa tête, donne la main à un petit garçon. Au second plan, un bac traverse des personnages et des animaux.

Ce charmant petit paysage porte la signature du maître.

## OSTADE (Adrien Van).

24 — Deux buveurs.

## OSTADE (Isaac Van).

25 — Intérieur de famille.

## OTTO VÉNIUS.

26 — La mise au tombeau.

## OTTO VÉNIUS.

27 — Sujet mythologique.

## OTTO VÉNIUS.

28 — Sainte Madeleine.

## REMBRANDT (Van Ryn).

29 — Un vieillard comptant de l'or; près de lui est une vieille femme qui lui passe une chaîne d'or autour du cou.

Tableau d'un faire vigoureux et dans la dernière manière du peintre.

## REMBRANDT (Van Ryn, attribué à).

30 — Portrait d'une jeune femme.

Un voile brodé encadre sa tête et descend sur ses épaules, il est retenu aux cheveux par un cordon brillanté; des ornements du même genre y unissent le devant de sa robe.

## **ROTTHENHAMMER** (Johann).

31 — Sainte agenouillée à laquelle un ange présente un calice.

## **ROTTHENNAMER** (J.).

32 — Sainte Madeleine agenouillée devant une chapelle.

## **RUBENS** (Pierre Paul).

33 — La conversion de saint Paul.

## **RUBENS** (École de).

34 — Vénus allaitant les Amours.

## **RUBENS** (École de).

35 — La chasse aux canards.

## **SANTVOORT** (de).

36 — Intérieur; effet de lumière.

## **SCHOEVAERTS** (M.).

37 — Monuments en ruines près desquels on voit quantité de figures.

## **SPRANGER** (Barthelemy).

38 — Le Christ montré au peuple.

## **STRY** (Genre de Van).

39 — Paysage avec animaux.

## SWANEWELDT (Herman), dit Herman d'Italie.

40 — Paysage.

Le vent souffle, le ciel est couvert et la pluie tombe déjà dans le lointain. Un homme et une femme gravissent un chemin qui monte vers la droite. Un autre homme chargé hâte ses pas vers la gauche afin d'arriver à un espèce de creux, formé sous un monticule, sur lequel s'élève un arbre. Un voyageur s'y est déjà mis à l'abri.

## TENIERS (Attribué à David).

41 — Portrait d'un procureur.

## TENIERS (David de père).

42 — Portrait de l'artiste.

## TENIERS (David le père).

43 — Une villageoise est assise au bord d'un bois et cause avec un homme qui est debout devant elle.

## TENIERS (David le père).

44 — Un Pèlerin.

## VAGENAS.

45 — Bacchanale.

## VELDE (Isaie Van de).

46 — Paysage.

## (L. M..., signé).

47 — Plusieurs villageois font la conversation.

### ÉCOLE FLAMANDE.

48 — La marchande de légumes.

### ÉCOLE FLAMANDE.

49 — Sujet allégorique.

### ÉCOLE FLAMANDE.

50 — Épisode de guerre de religion. Époque Louis XIII.

### ÉCOLE FLAMANDE.

51 — Clair de lune avec personnages autour d'un feu.

## ÉCOLE ITALIENNE.

### BARROCHE (Ludovico).

52 — La sainte Vierge les mains sur la poitrine.

### CANALETTI (Antonio da).

53 — Petit paysage.

### CANALETTI (Antonio da).

54 — Vue des environs de Venise.

### CARRACHE (Annibal).

55 — Les joueurs de cornemuse.

## CIGNANI (Carlo, attribué à).

56 — Apollon et Marsyas.

## CONCA (Sébastien).

57 — Saint Jérôme entouré des docteurs de l'Église.

## CORRÉGE (École du).

58 — Jeunes enfants près d'un brasier.

## GIORGION (le).

59 — Repos de la sainte famille.

La Vierge assise au pied d'un arbre tient sur ses genoux l'Enfant divin auquel le petit saint Jean offre des fruits ; sur la droite saint Joseph appuyé sur un rocher contemple cette scène touchante. Dans le lointain apparaît une ville.

## GIORGION (le).

60 — Enfant tenant un calice.

## GUERCHIN.

61 — Agar dans le désert.

## HERRERA (le vieux).

62 — Portrait présumé de Pierre l'Hermite.

## JOSEPHIN (Attribué au).

63 — Joseph et la femme de Putiphar.

## JOUANNÈS (Jean de).

64 — La mère de Dieu en pleurs et les mains jointes.

## JULES ROMAIN.

65 — Tarquin et Lucrèce.

A demi couchée sur un lit, la courageuse Lucrèce résiste encore aux menaces de Tarquin, mais on sent que celui-ci, dont la main droite est armée d'un poignard et dont la gauche retient un des bras de la victime, aura bientôt vaincu les derniers efforts de cette malheureuse femme. Un jeune valet épie cette scène en écartant un rideau.

## LAURY (F.).

66 — Paysage avec nymphes et satyre.

## LOCATELLI (A.).

67 — Vue d'un port de mer italien. (Effet de soleil couchant.)

## LUCIANO (dit Sébastien del Piombo).

68 — Vierge.

La Vierge agenouillée soulève le voile qui recouvrait son divin Fils qu'elle contemple avec admiration.

## MURILLO (Bartholomée Esteban).

69 — Saint Jean le Précurseur.

Saint Jean, la tête tournée de profil, regarde vers le ciel ; sa main gauche retient sur sa poitrine la croix de roseau et la droite est posée sur l'agneau symbolique.

C'est ici qu'on peut voir jusqu'où peut aller le talent

du grand artiste espagnol dont les œuvres sont aujourd'hui si recherchées. Partie intellectuelle, partie matérielle, tout se trouve réunis dans cette superbe peinture. Et, en effet, peut-on voir une pose plus naturelle, une tête plus expressive ; peut-on voir une exécution plus libre et en même temps plus soignée ! Non ! jamais nulle part ce peintre savant n'a donné plus de preuves de son genre et de ses connaissances profondes dans la science anatomique .. On dirait que cette tête, si admirablement profilée, regarde jusque dans le ciel : c'est la sublimité même de l'expression, et il n'est pas donné à l'homme, je crois, d'aller au-delà de la portée idéale de l'art.

## MURILLO (Bartholomée Esteban).

70 — Saint Jacques de Compostelle.

Ce tableau, qui porte dans le bas le rare monogramme de ce célèbre artiste, est de la première manière de ce maître. On y trouve déjà le sentiment religieux poussé à un haut degré, et on y pressent l'avenir glorieux qui était réservé à ce grand génie.

## MURILLO (L.-B.).

71 — Saint François en prière.

## PARMESAN (F.).

72 — Sainte Famille.

## PÉRUGIN (école de).

73 — Le Sommeil de Jésus.

## PIAZETTA.

74 — Un trio de musiciens.

## RAPHAEL (école de).

76 — La Vierge et l'Enfant Jésus. Petit tableau d'une exécution précieuse.

## RAPHAEL (copie ancienne attribuée à Garofolo).

76 — Sainte famille.

## RENI (Guido).

77 — Les suivantes d'Hélène.

## GUIDO (attribué à Reni).

78 — La Sainte Vierge les mains jointes.

## RIBERA (Joseph de).

79 — L'Enfant prodigue.

Ce petit tableau est traité comme les œuvres les plus fortes de ce maître : vigueur d'effet, vigueur d'exécution s'y trouvent réunies.

## RIBERA (Joseph de).

80 — La Vieille maîtresse d'école.

Une vieille couverte de rides, et dont la mâchoire ne conserve plus qu'une seule dent, réprimande une toute jeune fille à laquelle elle apprend à lire.

## ROBUSTI (Jacopo), dit le TINTORET.

81 — Le Songe de Jacob.

Des anges montent et descendent des degrés qui, de la terre, montent vers le ciel. Au bas des degrés, Jacob assis et dormant ; au haut, Dieu le Père au milieu des nuages et entouré d'anges.

Vigueur de coloris et du pinceau : telles sont les qualités de cette peinture, qui est du meilleur temps du maître.

## ROMAIN (école de JULES).

82 — Le Christ portant sa croix, et suivi par les saintes Femmes.

## SCHIDONE.

83 — Le Christ mort.

## SESTO (CÉSARA DA).

84 — Saint Jean avec son agneau. Saint Jean, de la main droite, caresse son agneau, et de la gauche tient sa croix de roseau.

Ce tableau, dont quelques parties sont restées inachevées, est d'une époque où ce maître cherchait à se rendre familier la manière du Corrège.

## VELASQUEZ.

85 — Saint François de Salles.

## VELASQUEZ.

86 — Saint Martin partageant son manteau.

Ce tableau, malgré sa petite dimension, se recommande par les brillantes qualités qu'on trouve dans les œuvres de ce maître.

## VERROCHIO (ANDREA).

87 — Vierge en Buste.

Petit morceau précieux d'un maître qui eut pour élèves Pérugin et Léonard de Vinci. Ses œuvres, d'une excessive rareté, se rencontrent fort peu souvent dans les musées nationaux, et sont par conséquent pour ainsi dire introuvables dans les collections particulières.

## ZAMPIERI (Dominiquin).

88 — Paysage.

## ÉCOLE ITALIENNE.

89 — La Visitation.

## ÉCOLE FLORENTINE.

90 — Portrait de Moïse.

## ÉCOLE ESPAGNOLE.

91 — Sainte Thérèse.

## BONNINGTON (Richard Parcks).

92 — Vue prise dans les Apennins au soleil couchant. Des montagnes éclairées par les derniers feux du jour vont se perdant en un lointain immense. Sur le devant, une rivière avec une barque, et sur la droite deux femmes, l'une debout et l'autre lavant.

Magie de la couleur, étonnante facilité dans l'exécution, telles sont les qualités qui brillent à un haut degré dans ce ravissant paysage, qui doit être une des productions faites par cet habile artiste lors de son voyage en Italie, et après avoir visité les grands maîtres vénitiens.

# ÉCOLE FRANÇAISE.

## BOUCHER (F.).

93 — Les amants surpris.

## CALLOT (attribué à).

94 — Un peintre dans son atelier, entouré de Bohémiens.

## CHARDIN.

95 — Portrait de Mme de Graffigny. Esquisse.

## CRÉPIN.

96 — Paysage.

## FOREST (JEAN).

97 — Vénus et Adonis.

## FRAGONARD (HONORÉ).

98 — Paysage avec anciens monuments.

## FRAGONARD (HONORÉ).

99 — Zéphir recueillant les larmes de l'Aurore.

## GARNERAY (LOUIS).

100 — Marine (clair de lune).

## GELLÉE (CLAUDE), dit CLAUDE LORRAIN.

101 — Crépuscule. Aux pieds de hautes montagnes, dont les sommets gardent encore les derniers reflets du jour, s'élève un bouquet d'arbres près desquels on voit des pasteurs gardant un troupeau de moutons. Tout à fait sur le premier plan, une rivière passe derrière un tertre et vient former une cascade sur la droite du paysage. Un personnage solitaire se promène sur la gauche.

## HUET (attribué à J.-B.).

102 — Berger et Bergère, avec vaches et moutons.

## LAFONTAINE ET CARLE VERNET (attribué à).

103 — Vestibule d'un palais, avec personnages.

## LAGRENÉE (aîné).

104 — L'Hyménée (allégorie de).

## LANTARA.

105 — Paysage (effet du soir).

## LENAIN (LOUIS).

106 — Portrait présumé du peintre. Une main dans un pain de seigle entr'ouvert, une pipe, un pot et un chien complètent les accessoires de ce portrait.
Peinture d'un effet vigoureux.

## MARNE (JEAN-LOUIS DE).

107 — Paysage avec animaux, une paysanne trait une chèvre, et près d'elle un jeune garçon boit une tasse de lait.

## PARROCEL.

108 — Portrait d'un commandant d'armée.

## PAU DE SAINT-MARTIN.

109 — Paysage avec cerfs.

## POUSSIN (Nicolas).

110 — Allégorie de l'Amour. Une vieille femme assise donne à une jeune femme accoudée sur un mur, des conseils sur l'amour; mais un petit Amour, caché derrière la vieille, semble faire comprendre à la jeune femme qu'elle ne doit pas écouter ce qu'on lui dit. Un autre amour cueille des fruits, qu'un troisième reçoit.

## POUSSIN (Nicolas).

111 — Paysage historique. Une ancienne voie romaine va se perdre à l'horizon. Sur la droite, deux personnages se reposent; à gauche, un voyageur puise de l'eau à une fontaine.

## PRUD'HON (fils), signé.

112 — Chaumière à l'entrée d'un bois.

## ROBERT (Hubert).

113 — Cascade de Terni.

## ROBERT (Hubert).

114 — Paysage avec ferme en ruines.

## ROBERT (Léopold).

115 — Vue intérieure d'une galerie, avec femmes italiennes. (Esquisse).

## SNAVE.

116 — Intérieur de famille : la lecture. Effet de lumière.

## VERNET (Joseph).

117 — Clair de lune, avec personnages. Sur la droite, éclairé par les reflets d'un feu.

## VIEN (Joseph).

118 — Sujet tiré de l'histoire romaine. Agrippine tenant son enfant et agenouillée devant le corps inanimé de Germanicus, demande vengeance au général qui l'avait fait assassiner.

Ce tableau, aussi habilement peint que savamment composé, est un des quelques tableaux que Vien peignit à l'encaustique.

## ÉCOLE FRANÇAISE.

119 — Portrait d'André Chénier.

# DESSINS

## ÉCOLE FRANÇAISE.

120 — Portrait de Marie-Antoinette.

121 — Petit paysage, avec grand nombre de figures.

122 — Fumeurs et buveurs. Deux dessins sur étoffe.

123 — Paysage, gouache.

124 — Madeleine en prière, peinture en soie ; travail italien. (Cadre en ébène.)

# OBJETS D'ART.

125 — Deux statuettes de femmes admirablement drapées, pouvant servir pour torchères. (Bois sculpté.)

126 — Un guerrier, bronze florentin.

127 — La Visitation, repoussé en fer.

128 — Statuette de femme nue en marbre blanc.

129 — Empereur romain, buste en marbre blanc.

130 — Impératrice romaine, buste en marbre blanc.

131 — Caligula, buste en marbre blanc.

132 — Antoine et Cléopâtre, bustes couchés en marbre blanc.

133 — Voltaire, buste en marbre blanc, inachevé.

134 — Tête de Satyre, bas-relief en marbre blanc.

135 — Caton le Censeur, médaillon en bas-relief, marbre blanc.

136 — L'abbé de Bernis. Médaillon ovale en biscuit.

137 — Portrait d'un empereur romain. Médaillon en bronze.

138 — Deux têtes de philosophes. Médaillons en bronze.

RENOU et MAULDE, imprimeurs de la Compagnie des Commissaires-Priseurs, rue de Rivoli, 144. 1308